Ofício das Palavras
literatura a quatro mãos

www.oficiodaspalavras.com.br

Produção e Coordenação Editorial: @oficio_das_palavras
Projeto Gráfico e Diagramação: @marianafazzeri

Dados Internacionais de Catalogação na Publicação (CIP)
(eDOC BRASIL, Belo Horizonte / MG)

Prandini, Maria Cristina Teixeira.

P899p
Ponto Segredo / Maria Cristina Teixeira Prandini.
São José dos Campos (SP): Ofício das Palavras, 2024.
115 p.: 13,5 x 23,5 cm
ISBN 978-85-60728-94-7
1. Literatura brasileira - Poesia. I. Título.
CDD B869.1

Ponto Segredo

MARIA CRISTINA TEIXEIRA PRANDINI

Para Renato in memoriam
com amor.

Para Marília, Pedro e Felipe
renovação da vida.

Agradeço a
José, Francisca e Benedicta,
pela herança feita de palavras e histórias.
Tessy, pelo acolhimento generoso.
Mauro, pelos novos horizontes.
Áurea, pela redescoberta da escrita.

Sumário

Prefácio

Ponto Segredo reúne 53 poemas que traçam o itinerário de formação poética de uma menina sensibilizada para a palavra desde a infância. A companhia amorosa dos avós oferecia alimento, ternura e instrumentos concretos de conhecimento para o mundo, este que se abria em sentidos, que se desdobrava em segredos e assombrações.

Essa voz inaugural já sabia que a poesia nem sempre se encontra anunciada no sublime, às vezes se mistura às coisas do cotidiano nomeando sentimentos e desconfianças. Poesia que se vislumbra também no arco do som, no bordado das letras, nos cantos escuros da memória aguardando o momento de imprimir-se sobre a pele da linguagem.

Agora, moldurados na página, os poemas convidam o leitor à experiência da mínima atenção:

Sortilégio

Você fala
Um fio
Percorre
Minha pele
Minha fome
Coração
Então, escuto?

ÁUREA RAMPAZZO

Umbigo

O brio
sem brilho
do embrião
que na noite,
funda e escura,
aguarda
o primeiro raio de sol.

Herança

Entre a avó no fogão de lenha e o avô
lá na sala da frente, na sua poltrona,
a de braços, a mais importante da casa,
um corredor comprido,
que percorro devagar;
café quente na caneca verde,
de ágata.

Um passinho
um golinho.

O gole que resta, o avô toma
como se tivesse uma caneca inteira.
Olhos brilhando me diz que está
com gosto de ananás.

Eu volto
caneca vazia e o recado do avô.

Para a minha surpresa,
a avó enche a caneca, novamente,
e me manda de volta
corredor à frente.

Um passinho
um golinho
e perguntas:

Por que o café que eu tomo
tem gosto de café
e o café do avô tem outro gosto?
Por que falar em gosto de ananás
faz a avó encher novamente a caneca?

No corredor
entre passinhos e golinhos,
sem que eu percebesse,
fui iniciada
nos mistérios da linguagem.

Madrugada

Ainda há corujas
seu canto não me assusta
só me faz ficar
miúda e quieta.
Medo quieto é pavor?

Noturno

/ PARA TESSY

Tenho uma lista de palavras
névoa
estribilho
neblina
açucena
Cada uma vem de um canto esquecido
da minha história
Repito cada uma em voz alta para
mim mesma
sílaba por sílaba
até que a origem se perca
ainda mais
e o meu breu se ilumine.

Noite adentro

Entendo o poeta quando diz
da ardidura das palavras,
criada, no entanto, por avós,
aprendi bem cedo a sua doçura.

Alumbramento, por exemplo, não
tem gosto de quindim?
Capturar... arroz doce com canela.

Minha avó acordava no meio da noite,
fugia dos pesadelos
buscando os doces em calda.
Figo, cidra, marmelo
Quando nenhum servia
se consolava
com leite em açúcar queimado.

Insônia, para mim,
passou a ter
gosto e cheiro bem-marcado.

Eu acompanhava minha avó
e no dia seguinte, sonolenta,
inventava palavras para o meu avô,
que se ria muito, de tudo.
Ele tinha dormido a noite inteira.

Recomendações / PARA FELIPE

Algumas palavras querem ser ditas
bem lentamente
alumbramento
lamparina
calêndula.

Outras precisam repousar
sossegadas no papel
aspereza
devassidão

Algumas convocam melodias
tarantela
castanhola

Outras se fazem acompanhar
de um profundo silêncio
extermínio

Algumas nos acordam
Estupendo
Outras nos adormecem
cantilena

As palavras só querem saber de mandar.

Submissão

E se as palavras fizerem greve comigo?
Assim, por uma razão qualquer,
repúdio à minha insensibilidade.

E se apenas uma palavra
se instalar na minha cabeça
Dia e noite
compacta, irremovível?

E, pior, se a única palavra que
tomar posse de mim
for pobre
Nenhuma que se desdobre,
que se refaça, faceira
Se for palavra mesquinha,
ela mesmíssima, anos a fio?

Chiaroscuro / PARA MAURO

Palavras
quando não são
cacos de vidro
atravessadas na garganta
sangrando
Podem ser
Vagalumes
Ou mesmo
estrelas cadentes.

Resto

O que você quer de mim, perguntei
Tive leite como resposta.
Então, quem sou eu, insisti
Recebi ambrosia numa linda louça branca
Desenhada em azul
Que se quebrou pelo caminho
Restando-me para sempre,
O cheiro do doce
Entre cacos de tão fina faiança

Passagem

Vestígios na memória
vêm pelos fiapos:
a cor do vestido
se os botões eram de metal
ou de madeira
talvez de madrepérola.

tantos detalhes ainda incertos
chovia, fazia sol.

E a duração exata
do tempo que levou
para que você se fosse
para sempre

E o desejo triste e imenso
que isto não tivesse
acontecido.

Ângelus

Há um momento do dia
em que eu sinto a passagem do tempo
Líquido que escorre
Espesso
Ponteiros plúmbeos de um relógio
que se distorce
ao sol.
Sem qualquer espécie de aviso,
o pão de ontem,
fonte de alegria e certeza,
se entristece na minha cintura.

Traços / PARA ANA ROSA

Pequenas lágrimas,
insuficientes para desenhar
sulcos na face,
fazem sombra ao sorriso.
Surgem em momentos do dia,
indefinidos e inesperados,
às quatro horas da tarde,
um cheiro de café!
Alguém faz café!
onde está este guardião
do pacto que nos civiliza?
Pequenas lágrimas
resistem à explicação!

Sina

Se escapo à roda dos enjeitados,
em que círculo do inferno vou parar?
Não no primeiro, com certeza,
não cultivo a indiferença,
Amo e odeio com fervor,
Rio e choro à toa,
Prefiro biscoitos às pirâmides,
Ainda não vivi o tédio,
esta elegância não me foi dada.
Um dia desses, experimento a obediência,
só para ver que gosto tem.

Nunca mais

Aos seis anos descobri a morte
Não que antes não soubesse
Pelo contrário
Com sete dias de vida
malnascida
a família correu de madrugada
em busca de um padre
batismo ou extrema-unção?
Precisou o avô ralhar comigo
"que é isto, menina, mal chegou
e já quer ir embora?
Deixe de pressa".

Foi no enterro do seu Joaquim
Lembro- me bem
Encantei - me com as flores
com os sequilhos café e
biscoitos de polvilho
Mesmo o choro de alguns
não roubava o ar de festa
Mas houve quem dissesse
nunca mais, nunca mais.
Entendi que morrer era para sempre.

Espantei- me que houvesse aula depois
A madre superiora riu da minha ingenuidade
"Morre gente todos os dias"
Percebendo o meu espanto
arrematou
"Todos os minutos".

Quanto tempo?

Acreditar em Deus é um privilégio
assim como não acreditar
Eu acredito e nada espero
Vou à feira e compro flores
Quanto tempo dura
a frésia
o agapanto
o lírio e
a amarílis?
Quanto tempo dura?
Quanto tempo dura a vida?
Feita esta pergunta
nunca mais será o bastante.

Mil vidas

Queria ter mil vidas
Numa eu seria São Franciso
Na outra Cruela Cruel
Depois mulher devassa
Em seguida
Esposa fiel
Com tantas vocações
Uma vida só é tão pouco.

Inundação / PARA VAN

Todas as pessoas
estão nas ruas,
que são rios
que, em algum momento,
deságuam no meu coração
que nem é tão grande
é o de um menino pequeno,
que chora por qualquer coisa:
pela bolinha de gude perdida
pela pipa que desbota
com os pingos da chuva.

Bobagens

Só escrevo porque a vida dói
E um anjo lilás
está sempre à minha espreita.
Ainda assim comemoro,
com insolente alegria,
as bobagens solenes.
Nada a fazer
Nada a fazer
Então, que eu esteja sempre
De unhas feitas.

Leveza / PARA SILVIA

Não vou fazer nenhuma
diferença no mundo
enquanto estiver encantada
diante
de uma saia plissada preta
esvoaçante.

Folia

Só divertir quero
Só de ver-te, quero
quero
Só ver-te
Sorver- te
Sorvete
Sorver-te quero.

Apelo

Venha
Salve-me de mim
Não tenha medo
A granada que trago
Por trás do sorriso
É fatal apenas comigo.

Aliança / PARA RENATO

Nem ele me deu ouro ou prata
Nem eu me dei a ele de tranças
Ainda assim dançamos e
dançamos.

Circuito

Toques na pele se
inscrevem na alma
em sânscrito

Penumbra

Insensato este meu corpo
que tanto se esconde,
pois passa a habitar
os teus olhos,
sei lá de que forma.
E se ao vê-lo como tal,
a imagem não for fiel
à tua visão?
Rejeitarás essa imagem
ou será o meu corpo
lançado ao silêncio?
É melhor mostrar-me
e confiar que os teus olhos
cubram-me de véus.

Cio

A moça cicia
Em linha reta

E depois se espanta
diante
da inédita geometria.

Sortilégio

Você fala
um fio
percorre
minha pele
minha fome
coração
Então, escuto?

Oráculo

Guardarei teu fogo
em fendas
infinitas?

Sombras

Teu rosto junto à lua
espera a minha resposta
Só que já não sei
qual é a pergunta
Café fraco me deixa assim
desarvorada

Alcaçuz

Nem sei a razão de buscar
no amor, a doçura,
se, quem me torturava em açúcar
era a minha avó

Nem mel
Nem fel
O amor é sal

Preliminares

O amor é
Sal
Pimenta
Fogo
Foguinho.

Ressentimento

A quieta mulher
em sua madurez
trancada
a chave
a cheiro
de sândalo
escuta a chegada do outono
em breve
a beleza se vai
e a sabedoria não chegou
ainda

Que cor de vestido
combina
com o limbo?

Fim de tarde

Estridência de metais
cigarras
em permanente dezembro

de que me servem
vontades
que insistem
em involuntariar?

Calendário

Aos 38 fiz 90 anos
fiz também febre alta
ouvi minha avó me chamar.
Não vou não vou
de jeito nenhum
Preciso criar meus filhos
conhecer meus netos.

Aos 50 fiz 50 mesmo
mas minha casa continua
à beira do abismo de onde um anjo
me faz um aceno
sem dizer uma única palavra
finjo não ver
melhor mesmo é fazer uma prece
ou convidar o meu amado
para dançar

O baião com que você me embalava,
minha avó,
me fez ficar assim
teimosa e de cintura fina.

Danação

A vida me vem aos pedaços.
Sobrevivo à Hiroshima, vou
direto à 25 de março compro
lantejoulas, vidrilhos,
purpurina.

Preparo feijoada para os amigos
depois de ultrapassar todos os faróis.
Pensamentos tumultuam a cabeça
coração bate pausado
cabeça vazia
coração pulsa enlouquecido
e a voz
sinos suaves, carrilhão descompassado
Quando, quando
a vida me virá em nuvem
desfeita pelo vento
e finda?

Avesso

Texto amargo
amarga textura
pior ficar sem texto
aí seria só
amargura

Suspensão

Como entender ou decifrar
um riso,
um sorriso,
uma gargalhada?

Quando você diz uma coisa
e a outra pessoa recebe com uma risada,
o que retorna para você
é o barulho do seu próprio coração
batendo suavemente,
um pouco mais ligeiro
ou em disparada,
como se estivesse diante de um perigo.

Qual perigo?
O que a pessoa entendeu do que eu disse?
O que eu disse que tocou neste ponto
que a fez rir e que volta para mim
como uma carta lacrada?
Terei coragem de abrir?
Rio de volta, devolvendo o enigma?

E o relógio que parou neste
intervalo, ínfimo intervalo,
volta a correr
indiferente às tempestades humanas?
indiferente às ridículas
tempestades humanas?

Assombração

Visitas chegam para o jantar
Quadros e tapetes, velhos vizinhos,
se estranham, azedos.
O azeite talha
e a água do café recusa a fervura.
Algumas pessoas se fazem
acompanhar de penumbra.

Mau-olhado

Medo todos têm
até as plantas
Quem nunca viu uma
orgulhosa avenca
de repente, aniquilada
diante de um simples olhar
desaguado?

Medo todos têm
Pedras
talvez não.

Asperezas / PARA PEDRO

Ambientes lisos me desconcertam
objetos harmoniosamente dispostos
me interrogam em silêncio
e não sei o que responder.

Preciso dos desconjuntamentos
das formas em desarranjo
uma mesa chinesa rosa
repousa plácida sobre
um tapete verde limão.

Um presépio
num canto iluminado
junto a um
batman ou a um tarzan
obra de quem não
estabelece hierarquia
entre as divindades
Só a disformidade me aquieta.

Ainda sem nome

Sem loucura bendita
Resta-me
loucura mansa
loucurazinha
que, embora me afaste do inferno,
ainda não me aproxima do céu.

Melancolia

Às vezes, me inquieto com uma palavra
cismei que sozinho tinha acento
o dicionário me diz que não
súbita tristeza me invade
além de sozinho
nem acento tem.

Ponto segredo

Arquitetar encontro
entre as palavras
como linhas em cores
num bordado
que possam expressar
de forma simples
a complexidade
das singularidades nuas.

Gramática

Pensando bem,
eu não preciso saber
o plural de arco-íris.

Toalha na mesa / PARA CARMELA

Escrevo um poema
seguindo a receita de
compota de figo
e levo para uma amiga
O café da tarde
a toalha na mesa
antes de tudo
— é a toalha na mesa que
abre as portas do céu —
ensinamento da minha avó

nunca entendi a relação
de uma coisa com a outra
mas nunca me atrevi
a contrariar
mesa posta, conversamos
as últimas notícias
os livros lidos
e a saúde como vai
e os filhos
os barulhos da rua se distanciam
e temporariamente
a morte sai de licença.

Despudorada

Tomo banho, perfume,
talco não gosto,
batom rubra aurora, meias pretas
e com o maior descaramento
desenho minhas ideias no papel

Um demônio me espia lá de fora,
fechei bem a janela?
Ouço seus passos
pode ser o meu coração.

Enquanto a poesia não chega,
só penso bobagens.

Com Manoel de Barros

Caro poeta,
ando errando feio na gramática
e ainda não fiz
nenhuma poesia.

Os espelhos de casa
partiram-se todos
quando insisti nas perguntas
sobre o futuro
sobre o amor
sobre o meu corpo.

Em alguns cacos
espalhados pelo chão
consigo ver algumas letras
ainda não suficientes para
formar uma palavra.

Com Leminski

Louvado seja Deus
não apenas entre roupas lavadas
no varal
mas também
entre as sujidades do
mundo
imundo

Primeiro tempo

Em vez de cantilena
O menino diz cantinela
O amor da mãe
a faz escutar
linda moça cantando
na janela.

Conjugações / PARA MARÍLIA

Diante de tarefas difíceis
O apelo da menina:
“atenta, mãe, atenta,
atenta que você consiga”

diante de tanta certeza
desta que só temos
quando tudo nos parece
incerto
a mãe se empenha
“viu? atentô, consigô!”

Muito tempo depois
quando a mãe relembra o fato
a menina
agora já não tão pequena
com ar de enfado completa:
“e você atentava e consigava!”

Infância

hoje o sol acordou
risando para mim
risando bem grande

Aquela nuvem escura
parece que não gostou
e mandou o sol ficar
lá na casinha dele
Ele foi e ficou triste
e até chorou um pouquinho.

Solar

A gargalhada
multiplica-se em
vogais
alaranjadas.

A outra face do medo

A origem do pesadelo está
bem no centro do fundo do mar,
onde mora um homem muito grande,
a ponto de precisar se encolher
para ali ficar.

Uma vez por dia ele se ergue
Imenso
Sua cabeça toca as nuvens
Dirige suas mãos a esmo
num gesto de oferta e apelo.
Quem se encontrar na direção dos seus gestos
terá sonhos terríveis.

Tal desatino é feito
pela profunda tristeza
que sente o gigante
por viver sozinho no
fundo do mar.

Esta é uma história verdadeira
justamente porque foi inventada por
um homem chamado
José
que era meu avô.

Ao escutá-lo, entre
susto e fascínio
eu me sentia fatalmente
atravessada
por uma vontade que,
em mim se dividia:

Queria ser, para sempre,
menina pequena,
escapando assim dos gestos do gigante
queria ser, logo, bem grande
uma mulher imensa
e morar com ele
no fundo do mar.

Pré-história

Quando eu era bem menina,
pescava palavras a esmo nas conversas entre os adultos.
Repetia os sons, quanto mais estranhos, melhor.
O que quer dizer, eu perguntava.
Quando respondiam, ficava tão triste.
A brincadeira terminava.
As rezas eram ótimas fontes
A Salve Rainha, por exemplo,
de onde retirei a palavra desterro
Deu trabalho,
ninguém sabia.
Tem a ver com erro, não,
é o marido da terra,
alguém tirou algo de alguém, alguém foi mandado embora

A névoa permanecia, o que
conferia à palavra
uma importância
ainda maior

E eu passava dias a repeti-la, como se
emanasse de mim uma comunhão,
Sem que eu soubesse com quem,
como se tivesse a posse de um enigma
cuja resposta jamais saberia
Tanto melhor.

ESTE LIVRO FOI IMPRESSO NO VERÃO DE 2024,
COM AS FONTES GANDHI SERIF, DROPS E
MONUMENT EXTENDED.